¡Aprende a leer, paso a paso!

Listos para leer   Preescolar–Kínder
• letra grande y palabras fáciles • rima y ritmo • pistas visuales
Para niños que conocen el abecedario y quieren comenzar a leer.

Leyendo con ayuda   Preescolar–Primer grado
• vocabulario básico • oraciones cortas • historias simples
Para niños que identifican algunas palabras visualmente
y logran leer palabras nuevas con un poco de ayuda.

Leyendo solos   Primer grado–Tercer grado
• personajes carismáticos • tramas sencillas • temas populares
Para niños que están listos para leer solos.

Leyendo párrafos   Segundo grado–Tercer grado
• vocabulario más complejo • párrafos cortos • historias emocionantes
Para nuevos lectores independientes que leen oraciones simples
con seguridad.

Listos para capítulos   Segundo grado–Cuarto grado
• capítulos • párrafos más largos • ilustraciones a color
Para niños que quieren comenzar a leer novelas cortas, pero aún
disfrutan de imágenes coloridas.

STEP INTO READING® está diseñado para darle a todo niño una
experiencia de lectura exitosa. Los grados escolares son únicamente guías.
Cada niño avanzará a su propio ritmo, desarrollando confianza en sus
habilidades de lector.

Recuerda, una vida de la mano de la lectura comienza con tan sólo un paso.

Para Patricia, ¡quien ama la playa!
—C.R.

Para Jude, quien me hizo sentir en casa lejos de casa
—E.M.

Text copyright © 2020 by Candice Ransom
Cover art and interior illustrations copyright © 2020 by Erika Meza
Translation copyright © 2023 by Penguin Random House LLC

Step into Reading, LEYENDO A PASOS, Random House, and the Random House colophon are registered trademarks of Penguin Random House LLC.

Visit us on the Web!
StepIntoReading.com
rhcbooks.com

Educators and librarians, for a variety of teaching tools, visit us at RHTeachersLibrarians.com

Library of Congress Cataloging-in-Publication Data
Names: Ransom, Candice F., author. | Meza, Erika, illustrator.
Title: Beach day! / by Candice Ransom ; illustrated by Erika Meza.
Description: First edition. | New York : Random House Children's Books,
[2020] | Series: Step into reading. Step 1, Ready to read | Audience:
Ages 4–6. | Audience: Grades K–1. | Summary: A family spends a fun day
at the beach, collecting shells, building sandcastles, and flying kites.
Identifiers: LCCN 2019027016 (print) | LCCN 2019027017 (ebook) |
Subjects: CYAC: Stories in rhyme. | Beaches—Fiction.
Classification: LCC PZ8.3.R1467 Be 2020 (print) | LCC PZ8.3.R1467 (ebook) |
DDC [E]—dc23
ISBN 978-0-593-64665-6 (Spanish edition) — ISBN 978-0-593-64666-3 (Spanish lib. bdg.) —
ISBN 978-0-593-64667-0 (Spanish ebook)

Printed in China
10 9 8 7 6 5 4 3
First Spanish Edition

¡Día de playa!

Candice Ransom

ilustrado por Erika Meza

traducción de María Correa

Random House 🏠 New York

Llegó el verano.

El carro empacamos.

Rumbo a la playa.

¡Aquí estamos!

Tendemos manta.

Abrimos asientos.

¡Bu! ¡Gaviotas al viento!

¡La arena quema!

¡Rápido!

¡Al mar!

¡Siento cosquillas
al caminar!

Toma mi mano.

No juegues sola.

Uno, dos, tres…

¡Salta esa ola!

Hay caracoles

sobre la arena.

Muchos son bellos.
¡Éste da pena!

Hace hambre.

¡A comer!

Luego, un helado...
¡Todo un placer!

Palas,
baldes.
¡A cavar!

¡Un gran castillo levantar!

¿Qué encontraste?

Ya verás.

Señor Cangrejo, ¡atrás te vas!

Toma la cometa.

Vamos a jugar.

Dale viento y cuerda.

¡Déjala volar!

Se hace tarde.

Ya nos vamos.

En el parque,
disfrutamos.

La rueda gira
bajo el cielo.
¡Algodón dulce
en tu pelo!

Sobre el mar,
la luna brilla.

¡Día de playa!

¡Qué maravilla!